MENINA A CAMINHO

RADUAN NASSAR

MENINA A CAMINHO

e outros textos

3ª edição
2ª reimpressão

COMPANHIA DAS LETRAS

Menina a caminho 7
Hoje de madrugada 51
O ventre seco 59
Aí pelas três da tarde 69
Mãozinhas de seda 75

MENINA A CAMINHO

Para
Laura de Souza Chauí

Vindo de casa, a menina caminha sem pressa, andando descalça no meio da rua, às vezes se desviando ágil pra espantar as galinhas que bicam a grama crescida entre as pedras da sarjeta. O vestido caseiro, costurado provavelmente com dois retalhos, cobre seu corpo magro feito um tubo; a saia é de um pano grosso e desbotado, a blusa do vestido é de algodão acetinado, um fundo preto e brilhante, berrando em cima uma estampa enorme em cores vivas, tão grande que sobre o peito liso da menina não aparece mais que o pedaço de uma folha tropical. Deve dormir e acordar, dia após dia, com as mesmas tranças, uns restos amarrotados. Uma delas, toda esfiapada, é presa por dois grampos se engolindo; já quase desfeita, as mechas da outra estão mal apanhadas no alto por um laço encardido que cai feito flor murcha sobre a testa. Lambendo, enquanto anda, os fios colados à roda amarela e gosmenta de manga ao redor da boca, a menina esquece um momento outras distrações da rua ao se aproximar da pequena agitação diante da máquina de beneficiar arroz: três meninos estão saindo pela porta grande do armazém, puxando cada um deles um saco de palha.

"O Quinzinho só levou dois sacos até agora" resmunga um dos meninos.

"Mas ele vai emprestar a farda de quando era escoteiro mascote" diz um segundo.

"E daí? A Lena-minha-irmã vai emprestar duas fantasias, de baiana e havaiana, e eu já levei seis sacos, são sete com este..."

A menina se encanta acompanhando assim clandestinamente aquela disputa, sente um entusiasmo gostoso escondido atrás da discussão.

"Eu acho bom você parar de reclamar" recomenda o terceiro menino.

Descalços, sem camisa, os corpos arcados, os meninos arrastam os sacos, que puxam por um dos cantos como se os puxassem pela orelha. E a palha, com o movimento às vezes emperrado, vai estufando cada vez mais a barriga gorda do fundo dos sacos. Passando pro chão de terra, um dos meninos vê a menina acocorada, observando-os por sob a barriga abaulada de um cavalo, cujas rédeas estão amarradas numa das argolas chumbadas na guia. Os três meninos param.

"O cirquinho é hoje, na casa do Dinho" grita um deles se agachando pra encontrar os olhos da menina por baixo da barriga do cavalo.

A menina vislumbra um fundo escuro de quintal, um grande círculo fofo de palha de arroz, velas acesas na ponta de estacas, os casacas de ferro, os meninos trapezistas, e seus olhos piscam de fantasias.

"São dez palitos a entrada" diz o Dinho se agachando também.

O Zuza, rapazote que marcha na calçada do outro lado, uma bola de capotão no arco do braço, diminui o passo e vem pro meio da rua:

"Na casa de quem, o cirquinho?" vai perguntando.

"Lá em casa" diz o Dinho.

"E quem trabalha nesse cirquinho?"

"A gente, mais o Quinzinho, a Tuta co'a Iracema que vão cantar 'Um carro de boi', a Eunice..."

"A Nice não vai" intervém um dos meninos. "A mãe dela diz que da outra vez teve aquilo..."

"Aquilo o quê?" pergunta o Zuza, malandramente.

"Você sabe, ara!"

O Zuza estufa o peito, cheio de si, enquanto o menino adverte com medo:

"A mãe do Dinho disse que quem tem mais de doze anos não entra dessa vez, só o Quinzinho que o Quinzinho vai emprestar a..."

"Fecha esse bico, gordinho."

O menino se tranca e enfia os olhos no chão. O Zuza faz ainda um trejeito com a boca:

"Cirquinho mixo esse... e o Quinzinho que

não se meta a besta comigo" diz despeitado, e, largando de repente a bola de capotão, mata com destreza a pelota, pisando em cima com o pé direito. Os braços livres, arma num instante o gesto: "Aqui que eu não entro nesse cirquinho" diz movimentando lentamente o braço teso da banana, pra cima e pra baixo, os olhos cheios de safadeza:

"Aqui que eu não entro, aqui, ó."

A menina arregala uns olhos deste tamanho e acompanha apreensiva a ameaça do rapazote. Os três meninos nem se mexem e, ao pé deles, um depois do outro, estão caídos os três sacos, vomitando palha pela boca aberta, como se tivessem levado um murro violento na barriga.

"Zuza! Ó Zuza!"

O Zuza interrompe rápido a banana, apanha dissimulado a bola e olha.

"Zuza, vem cá um pouquinho."

Debruçada sobre uma almofada de cetim azul, no parapeito de uma janela alta, dona Ismênia, robusta, cheia de pintura, desfrutando a primeira sombra que já tomba da sua casa, acena a mão chamando o Zuza. O rapazote abandona o meio da rua enquanto os três meninos, sem mais demora, apanham os sacos pela orelha e se safam apressadamente dali, deixando no chão três rodelas de palha amarela, como se fossem três gemas enormes se cozendo ao sol. O Zuza sobe a calçada meio sem jeito e ergue os olhos pra janela.

"Mas Zuza, não faz nem uma semana que você começou a trabalhar e você já está nessa folga?" diz a dona Ismênia brincando com os olhos, o rosto colorido que nem bunda de mandril.

O Zuza continua olhando pro alto, a bola de capotão no arco do braço.

"Será que você está mesmo de folga, hem Zuza?"

"Tou" responde encabulado.

"É verdade que o seu Américo fechou o armazém?"

"É verdade, sim."

"E você sabe por quê?"

"O seu Américo mandou fechar as portas e eu fechei, não faz meia hora."

"Como assim?"

"Disse que era por causa do calor e que eu podia ir embora."

"O quê?!"

Outra mulher, que mal se esconde atrás da cortina repuxada pr'um dos lados, belisca com certeza a coxa grossa da dona Ismênia que protesta c'um grito esganiçado, voltando logo o rosto e alongando mais o riso. Debruçando--se de novo na almofada, os seios leitosos, explosivos, quase espirrando pela canoa do decote, encabulam inda mais o rapazote.

"Me diz uma coisa, Zuza: que história é essa que andam falando do filho do seu Américo?..."

O vulto atrás da cortina já não sustenta o recato, se arrebenta, sem mostrar a cara, numa solta gargalhada, enquanto a dona Ismênia, afogando-se de gozo, se sacode tanto na janela, parece até que vai vomitar algum sabugo. O Zuza ri também, sem saber por que, as faces formigando, mas a algazarra incompreensível das duas mulheres pouco a pouco se abranda.

"Posso te fazer outra pergunta, Zuza?"

"Claro."

"Me diz só mais uma coisa: quem te ensinou a dar banana daquele jeito?" pergunta a dona Ismênia carregando na malícia, se engasgando ao mesmo tempo com o novo acesso de riso. "Chega, Mênia! Tadinho...." diz a voz atrás da cortina.

"A banana que você dá é muito bem dada,

Zuza..." acrescenta a dona Ismênia logo depois, alimentando fartamente a fogueira de riso. Sacudindo-se de novo na janela, fazendo tremer os seios de gelatina, ela até lacrimeja de tanto rir, gritando no fim do gozo com o beliscão que mais uma vez lhe aplicam na coxa. Termina extenuada: "Uff!..." "Ai, Mênia, que vergonha!..." diz a voz atrás da cortina.

O Zuza está ardendo de vermelhidão, as orelhas num fogaréu.

"É só, Zuza" encerra a dona Ismênia entre suspiros.

O Zuza continua olhando pra cima.

"É só" diz ela se desvencilhando, desviando o olhar pra bem longe e cantarolando baixinho: "larará, larará, lariri...". Volta-se de novo pro rapazote:

"Sua mãe está boa, Zuza?"

"Tá boa, sim."

"Dê lembranças pra ela."

O Zuza não se mexe.

"Dê lembranças" repete a dona Ismênia vendo que o Zuza não arreda pé. Atrás da cortina, um risinho, meio miado, aparece e desaparece.

"Até logo, dona Ismênia" diz enfim o rapazote.

"Até logo, Zuza, e dê lembranças pra sua mãe, viu?"

O Zuza se aparta dali, andando cada vez mais rápido, atendendo quem sabe à curiosidade que cresce com os passos, enquanto na janela da dona Ismênia o riso ressurge com ardor revigorado.

Acocorada ainda ao lado do cavalo, a menina desvia os olhos da janela e alcança, bem afastados, os três meninos arrastando os sacos de palha pelo chão de terra, como se fossem três pequenos arados, um ao lado do outro, que tivessem deixado à sua passagem uma seara estreita ao longo da rua.

Só quando o cavalo distancia as patas traseiras é que a menina repara, escondido no alto entre as pernas, e se mostrando cada vez mais volumoso, no seu sexo de piche. Ela desmancha rápido a postura, se joga pra trás, os bracinhos esticados, as palmas das mãos se plantando na terra. Recebe mesmo assim os respingos do esguicho forte, o jato de mijo abrindo uma biroca no chão. O susto nos olhos dela aumenta com a gargalhada dos carregadores, dois crioulos musculosos e um branco atarracado, que fazem a sesta na calçada, estirados à sombra de uma árvore.

"Num brinca co'a boneca do cavalo, menina" deboca um deles acenando o chapéu em forma de cuia e engrossando com isso a gargalhada dos dois outros. "Num brinca co'essa boneca que tem feitiço nela."

Assustada, a menina busca com os olhos a janela da dona Ismênia, mas só encontra a almofada abandonada no parapeito, mal percebendo o bloco agitado se enrolando de riso com o rendão da cortina. Ela se põe de pé num salto, se atrapalha com a carroça parada quase em frente da máquina de arroz, e dispara.

Respirando de boca aberta, já na esquina da rua principal, acompanha dali o caminhão velho que vem rodando, levantando uma poeira amarela, a carroçaria sacolejando, fazendo um barulhão dos diabos nessa hora pachorrenta em que tudo está quieto. O caminhão passa, mas a menina continua ali, o dedo enfiado no nariz, olhando indecisa pra cá e pra lá.

"Dov'è il bambino?"

O seu Giovanni arrasta as alpargatas na outra calçada, parece um papai-noel que perdeu a roupa vermelha, sempre com aquela cara triste de dor de cabeça. Anda sem parar, o olhar solto, o coração apertado. Nas suas andanças, passa o dia falando sozinho, como se procurasse um menino. "Quel malandrino..."

Ainda na esquina, o dedo teimoso no nariz, a menina continua indecisa. Poucos passos à sua direita, uma menina de saia azul e blusa branca sai de casa ajeitando a bolsa escolar e a lancheira a tiracolo, recendendo limpeza da cabeça aos pés. Assim que a menina de uniforme passa, o andar pequeno e altivo, a primeira deixa a esquina, seguindo-a de alguns passos atrás. As meias três-quartos, alvas, e as pregas da saia, em gomos perfeitos, encantam a menina suja e descalça, que come também com os olhos as tranças curtas, douradas, dois biscoitos de padaria. Sem ter se voltado nem uma vez sequer, a menina de uniforme de repente para e se vira pra de trás:

"Ó!" diz, e, abanando a mão espalmada, o polegar tocando a ponta do nariz, faz uma careta bisbilhoteira e mostra a língua, tão comprida e insuspeitada, pondo quase em pânico a menina de trás, que acaba ficando um bom tempo ali parada, vendo a menina de uniforme se distanciar toda empertigada, que nem fosse uma boneca de porcelana.

Desprezada, só muito depois é que a menina se dá conta da roda de homens dentro da barbearia ao lado, conversando animadamente a meia-voz ao redor de um homem de carnes fofas. Ela então se achega timidamente da soleira e, permanecendo na calçada, se encosta na parede do salão. Percorre os olhos pela prateleira de espelho, dirige depois sua atenção pro vidro enorme de loção amarela, e descobre, c'uma ponta de estranheza, as mechas de cabelo, macias talvez, ao pé da cadeira giratória. A loira pelada da folhinha na parede só tem uma estola sobre os ombros, caindo toda peluda por cima dos braços abertos e deixando bem à vista os mamões do peito. De relance, o olho da menina ainda apanha o retrato emoldurado de Getúlio Vargas, pendurado no fundo, acima da porta.

O falatório do homem fofo é indistinto e miúdo no centro da roda, ninguém se mexe enquanto ele fala, e o barbeiro, que tem uma cabeleira de cantor de tango e um dente de ouro mordendo sempre o beiço de baixo, está com o braço esticado pra fora da roda, empunhando a navalha ainda aberta, um montinho de espuma de sabão na ponta. Outro sujeito ali então parece um fantasma, em cima da roupa tem um lençol branco cheinho de pelos cortados. Metade da cara é de espuma, a outra já está com a barba raspada. O fantasma tem uma voz forte de meter medo: "Uma tunda!" diz ele. "É disso que o filho dele precisa" diz a cada brecha que se abre na falação.

"Ninguém perde por esperar" diz o homem fofo. "Ninguém, foi o que eu disse, eu sempre disse isso, foi isso o que eu já disse uma vez: o Galego é um filho da puta; o Alfeo da pensão é um filho da puta; o Zé-Elias é um filho da puta, todo mundo sabe o que ele apronta quando apita um jogo; o Nenê, o Garcia, o Tonico-da-luz, o João Minervino, o Nelão da barbearia, você mesmo, Nelão, o Nelão da barbearia, eu disse, afiado como a navalha que usa, o Nelão também é um filho da puta..."

"Qu'é isso, sô? Veja lá que que cê tá falando" diz o barbeiro fechando a cara. "Esclareça esse negócio, pombas!" diz ele ainda, passando a engrolar um resmungo grosso.

As mãos gordas do homem fofo pedem silêncio no ar:

"Quem não é filho da puta entre os caras que passam o dia na sapataria do Filó? Na verdade, não tem ninguém, ninguém nesta cidade — ou não importa em que outra cidade — que não seja um filho da puta. E vocês nem precisam me lembrar o que eu já sei, sei mais do que ninguém que eu também sou um filho da puta, mas tudo isso não me impede de dizer que ele, o Américo, este sim é um filho da puta, e que ele não perdeu nem um pouco por esperar."

"Essa não, seu moço, essa não. Deixa de lado o Américo e a história do filho dele que você anda espalhando por aí, e vamos tirar esse negócio de filho da puta a limpo antes que eu faça a merda feder mais co'as coisas que o Américo sempre disse de você" diz o barbeiro armando um pequeno tumulto.

As bochechas sombrias do homem fofo ganham um súbito lustro com o suor que começa a porejar.

"Se você acha que você é um filho da puta, isso lá é problema teu, não sou eu que vou te proibir de se achar assim, você pode se achar isso e mais aquilo, e te digo que você pode até mesmo se achar o que o Américo vive dizendo de você, mas daí você partir pr'esse papo... essa não, seu moço, essa não, minha mãe é uma santa!"

O homem fofo leva o lenço pra enxugar o rosto como se levasse uma esponja nervosa de pó de arroz.

"Uma tunda! Uma tunda!" repete o fantasma isolado, sua voz repercutindo cheia como o surdo da banda. "Uma tunda! É disso que o filho dele precisa."

"Minha mãe é uma santa!" insiste o barbeiro desbaratando mais a roda cada vez que levanta exaltado o braço com a navalha na mão. "Minha mãe é uma santa!"

E um sujeito baixinho, o tempo todo agitado, mas alheio à engrossada do barbeiro, desce a mão até o sexo e, apanhando-o como a uma bola através do pano da calça, diz sacudindo-o:

"Aqui que a flor do filho dele se safa. Aqui!"

A menina não desgruda mais o olho da bola de pano do baixinho, só que a roda se recompõe, fica de repente muda, e o homem fofo, batendo ainda o chumaço do lenço na testa, sai por um instante do apuro c'um bom pretexto:

"Vai embora, menina" diz ele protegendo uma criança.

Escapulindo-se num zás-trás, a menina desaparece dali. Logo na esquina, ela para e estica os olhos pra rua que corta a principal: não muito longe, um bando de garotos, armados com cabos de vassoura, ataca aos gritos um cachorro e uma cadela acasalados, grudados um no outro feito linguiça. Movendo-se em direções contrárias, os bichos mal conseguem sair do lugar, deixando-se espancar, até que um dos meninos despeja em cima uma vasilha de água quente. O cachorro e a cadela se largam ganindo, cada qual disparando pr'um lado. O cachorro some de vista, enquanto a cadela, que vem na direção da menina, acaba se dobrando de costas contra um muro, enfiando a cabeça entre as pernas dianteiras e lambendo sofregamente a queimadura de trás.

A menina se afasta condoída, mas torna a parar alguns passos depois, de frente pra escolinha da dona Eudóxia. Espia timidamente pelo vidro de uma das janelas: estão todos quietos na sala de aula. Paralítica, a velha mestre-escola está sempre naquela cadeirona do canto, ao lado da lousa, os chinelões de lã descansando no assoalho, os pés sobre o banquinho cobertos pela surrada manta xadrez que lhe protege também as pernas. Mas segura firme o livro que folheia devagar, como se escolhesse a lição. Cada aluno tem um livro aberto em cima da carteira, e toda vez que a dona

Eudóxia vira uma página, as crianças juntas, logo em seguida, viram uma página também.

A menina se encanta é com a gravura colorida no suporte: um sapateiro examina uma sola estragada na sua mesa de trabalho, enquanto uma menina pobre e descalça espera ao lado. Que pena, pela cara do sapateiro, o sapato não tem mesmo conserto... Que história será que cada um vai contar?

A atenção da menina se desvia pro menino que deixa de virar a página enquanto os outros viram, e começa a abanar a mão na frente do nariz. Quando a dona Eudóxia vira uma nova página, a classe inteira está abanando a mão na frente do nariz. A dona Eudóxia para de folhear o livro, olha por cima dos óculos, franze a boca num bico grosso e começa também a abanar a mão. O leque das crianças vai e vem, vai e vem. O leque da dona Eudóxia é mais lerdo, vaaai e veeem, vaaai e veeem, e enquanto vaaai e veeem ela sonda de um lado e de outro o olhar de cada aluno, mas em vão.

"Quem foi?" pergunta a dona Eudóxia.

Ninguém diz nada, estão todos ocupados: vaivém, vaivém.

"Eu quero saber quem foi."

Ninguém diz nada, continuam todos ocupados: vaivém, vaivém.

"Béééca!" grita a dona Eudóxia, enérgica, balançando a barbela.

A Beca, agregada que a um só tempo cuida da casa e assiste a mestre-escola, vem correndo dos fundos. As crianças, mudas, param de abanar o leque.

"Descubra quem fez o mau cheiro" ordena a mestre-escola.

A Beca se enfia por trás da fileira da frente, se abaixa e cheira de pertinho o traseiro de cada aluno, um por um. Na fileira seguinte, porém, interrompe a tarefa logo na segunda carteira. De pé então, o dedo espetado pra baixo, ela aponta seguidamente pra nuca de uma menina, justo a que tem tranças curtas e douradas, dois biscoitos de padaria.

Sem acreditar, a menina assiste através da vidraça aos três bolos em cada mão como castigo. A dona Eudóxia atira a régua num canto enquanto a menina dos biscoitos chora. Encolhida lá fora, a menina nem se dá conta de que apontam pra janela, mas seus olhos se chocam de repente com os olhos de aço da velha mestre-escola.

"Béééca!"

Aterrorizada, a menina some da janela, ressurgindo caída feito peteca que tivesse sido atirada no chão do bar da esquina.

"Ei, molenguinha, tropicando que nem barata tonta?" diz o mulatinho Isaías, atrás do balcão de sorvete.

A menina se levanta, oscila um pouco explorando o raspão leve do braço, mas ninguém dá por ela além do rapazote que tem as mãos agarradas numa pá longa de pau enquanto bate o sorvete na caldeira que gira.

Na mesa do canto, do lado de fora do balcão de vidro, o dono do bar está numa conversinha muito entretida com dois sujeitos e nuns risinhos estridentes que nem guinchos de rato, enquanto vão bebericando o cafezinho. Os olhos do Isaías, miúdos e inteligentes, se voltam pra mesa do canto e a menina tem a impressão de que suas orelhas, redondas e grandes, cada vez aumentam mais de tamanho. A menina lança um olhar comprido pras brevidades, queijadinhas e bombocados, e se demora nos cavalinhos de bolacha salpicados de confeitos coloridos e amontoados no chão do balcão de vidro. Se aproxima depois da máquina de sorvete, põe as mãos c'um gosto retraído na superfície fria de mármore, e percorre os olhos pelas tampas amassadas que fecham as bocas dos seis recipientes. Se ergue na ponta dos pés, espreita antes a atenção do Isaías espichada ainda pra mesa lá do canto, e mergulha em seguida os olhos gulosos dentro da caldeira que gira, a pá correndo ali num mesmo ritmo contra a parede interna, revolvendo de alto a baixo uma pastosa massa cor-de-rosa. A menina lambe ainda os lábios de vontade quando se vira pra porta com a barulheira que se aproxima.

Três rapazolas turbulentos entram no bar trazendo o Zé das palhas, que vive fazendo discursos contra o governo. Coitado do seu Zé, ele pensa que o rádio que toca e fala serve também pra levar de volta a voz da gente. No fim, todo mundo dá risada.

"O seu Zé vai fazer um discurso de lascar, cadê o rádio?" diz o rapazola de topete alto. "Um discurso sobre o filho do Américo, com sal e pimenta, né, seu Zé?"

"É hoje!" diz o Isaías como se falasse com a menina.

Encostada na sorveteira, a menina se atrapalha, não sabe se olha pro Isaías, ou pro galinho de topete alto, com a crista caindo um pouco sobre a testa, e a camisa meio aberta pondo à mostra as peninhas novas do peito. O galinho tem uma munhequeira larga de couro preto no pulso direito, pra que será que serve?

Na mesa do canto, o cochicho vai pro beleléu co'arrastação das cadeiras, mas o dono do bar, que fechou a cara no começo, está todo animadinho agora com os comentários que estão fazendo. Leva então o Zé das palhas pra trás do balcão de vidro e ajeita a cadeira, prometendo comprar do orador mil-réis de palha pro cigarrinho, se ele misturar malagueta da boa na sua fala. Desengonçado, o seu Zé sobe na cadeira com os bolsos estufados de palha de milho, ficando de costas pra rua e o nariz no Philips, instalado ali na prateleira num nicho grande entre as bebidas. Atiçado contra o filho do Américo, parece que ele nem liga pra algazarra.

"Pode falar, seu Zé" diz o galinho exigindo ao mesmo tempo silêncio do galinheiro.

O Zé das palhas gira pra trás o botão do rádio, apaga o bolero mexicano que tocava, arruma o brim do terno e a palheta na cabeça, e fica c'um jeito de quem faz pose enquanto se concentra. Atrás dele, de pé, separado só pelo balcão, o galinheiro se amontoa. Não se ouve um pio, até que o seu Zé sapeca a voz rachada no rádio, como se falasse num microfone, martelando ao mesmo tempo o dedo no ar, como se passasse um pito:

"Doutor Getúlio Vargas, o povo brasileiro tá cansado, cansado, cansado: não aguenta mais apertar o cinto, não aguenta mais passar com farinha de mandioca, não aguenta mais o senhor mandar as pessoas pra cadeia; o xadrez já tá apinhado, seu Getúlio, tá assim de bêbado, assim, ó, de pau-d'água."

Um dos frangotes enfia dois dedos na boca e assobia, o outro cata o que acha na caixa de lixo e atira no seu Zé, casca de banana, de laranja e até casca de mortadela, mas no alvoroço contra o discurso ninguém saberia dizer se o dono do bar e os sujeitos dos cochichos estão mesmo protestando ou só se divertindo.

"Doutor Getúlio Vargas, o povo brasileiro tá cansado, cansado, cansado..."

"Para-para-para" berra o galinho calando o galinheiro e o Zé das palhas c'uma só bicada. "Não é hora dessa xaropada, seu Zé, a gente combinou outro discurso pelo copinho de fernete. Ora, o Getúlio, que importância tem isso agora?"

"Getúlio é nosso pai!" diz uma voz de trovão lá da porta.

Todos se viram, menos o Zé das palhas.

"Viche!" diz o Isaías como se falasse com a menina.

Grande, c'um bruta muque quase arrebentando a manga do macacão, o homem da porta repete de frente pro galinheiro desenxabido:

"Getúlio é nosso pai!"

O seu Zé, de bico calado, nem se mexe em cima da cadeira. De costas pra rua e o nariz no rádio, parece até que está pendurado na prateleira, com as folhas secas de palha saindo pelos bolsos do paletó e pelos bolsos traseiros da calça. Deve estar esperando pela palavra do galinho que, sem explicar a confusão, dá logo um jeito e se safa de fininho, dando o fora do bar seguido dos dois frangotes.

O homem de macacão aponta ainda pro orador, que continua mudo em cima da cadeira feito um boneco empalhado.

"Falta arrancar da prateleira aquele espantalho de passarinho" diz com a mesma voz de trovão, indo em seguida embora.

Depois de conduzir o Zé das palhas até a calçada, o dono do bar se volta pros dois sujeitos, já de velho na mesa lá do canto:

"De onde veio esse cara?" pergunta tentando encobrir sua paspalhice c'uns ares de surpresa.

"Eu já vi ele na União Operária" diz o Isaías, caindo porém em si com o olhar do patrão, de repente inquiridor e decidido. "Quer dizer... ele deve ser lá da ferroviária..." emenda ele depressa, afundando os olhos na caldeira, mas satisfeito.

O dono do bar capricha no silêncio, faz que deixa a coisa passar e se senta, voltando pros cochichos.

Ágil, a velha entra no bar c'um vestido que chega na canela, uma chita tão escura que encolhe inda mais seu corpo arcado; traz na cabeça um lenço que se afunila armado sobre a cacunda. Se achega da sorveteira assim que entra, a barra da saia fustigando a perna da menina, espia a massa dentro da caldeira c'um trejeito azedo na boca, e pergunta do que que é aquele sorvete. O rapazote retira a pá, aproveitando pra dar uma limpada no rosto com a manga da camisa: "De uva passa, vovó". Sua cara fica mais colorida quando mostra os dentes sorridente, piscando ao mesmo tempo o olho com malícia:

"Tá fervendo o chão por aí, num tá mesmo, vovó?"

A velha faz um muxoxo entortando a boca.

"A coisa tá de queimar o pé da gente, só se fala nisso... mas também não é todo dia que é dia de pão quente, né vovó?"

"Acaba co'essa conversa maluca que eu não sou de prosa."

"Não é maluca, não, vovó, nadinha" diz ele metendo de novo a pá longa de pau na caldeira, com tanta firmeza, como se fincasse uma lança na carne doce e cor-de-rosa do sorvete.

"Vai de casquinha ou de palito, vovó?"

"Mais respeito, moleque, eu quero uma garrafa de pinga."

"Nossa!"

O dono do bar acorre rápido, pondo-se atrás do balcão:

"A senhora pediu uma garrafa de pinga, dona Engrácia?"

"Eu já disse o que quero."

"O armazém do seu Américo está fechado, deve de ser por isso que a senhora veio comprar aqui, não é mesmo?"

"O seu Américo nunca fechou o armazém."

"Mas hoje ele fechou, todo mundo sabe, não faz uma hora."

"Não quero ouvir histórias, estou com pressa, preciso fazer a janta."

"Mas é cedo pra pensar na janta, dona Engrácia."

"Isso é comigo."

"Pra quem é a pinga, vovó?" intervém zombeteiro o Isaías. "A senhora não vai fazer a janta co'a caninha, vai?"

"Isso não é da tua conta, moleque atrevido, e o senhor aí vai me vender ou não a pinga?" grita a velha.

"Não precisa embrabecer, dona Engrácia" diz o dono do bar voltando-se pra mesa do canto, onde os dois sujeitos ali sentados se sacodem numa gargalhada muda. Ele trepa na cadeira, apanha a garrafa do alto, tira o pó: "Pronto, dona Engrácia, e a senhora não precisa ficar zangada assim desse jeito" diz ele enquanto a velha puxa do bolso um lenço amarrotado que ergue pra cobrir a boca, como se calasse seu ressentimento. Cava, a boca afunda mais com a pressão do pano, o bico do queixo desponta sob o lenço mais pontudo.

A menina fica assuntando no perfil dessa face tosca, os olhos fundos, o nariz de osso, a pele seca e enrugada que recobre uma cara de bruxa. A velha pega a garrafa, aperta-a com mãos e braços contra o peito chupado, afasta--se de mansinho, desce a soleira praguejando baixinho. A menina sai logo atrás, segue a dona Engrácia um pedaço, vagarando o passo quando a velha, num andar corrido, corta a rua como se voasse numa vassoura, sumindo num assopro na dobra lá da esquina.

Do interior da pequena oficina de duas portas, o seu Tio-Nilo, olhando por cima dos óculos, está medindo a menina, assim surpreendida seguindo a velha. Ela se acanha, abaixa os olhos, mas se aproxima. Levanta os braços, agarra as malhas de arame acima da cabeça, e abandona o corpo franzino contra o alambrado que barra uma das portas: que cheiro de couro mais gostoso na selaria do seu Tio--Nilo!

A menina logo procura pelo passo-preto que não se encontra no poleiro: coisa estranha... ele não fica em gaiola, nunca foge, vive solto na oficina. Pois não é que ele está todo encolhidinho justamente no pau seco do macaco sem-vergonha. O macaco está do mesmo jeito, se esticando enquanto trepa no lenho pregado na parede dos fundos, acima da porta. Guarda, apesar de empalhado, a desenvoltura de um movimento ousado, a cara virada pros que passam na rua. Olhos espertos, o rabo comprido acabando quase em caracol, o macaco convencido parece que está sempre subindo, mas nunca sai do lugar.

A menina depois se perde admirando selas, arreios e bainhas, trabalhos lindos enfeitados com franjas e metais. Mas vez e outra espia de soslaio o velho seleiro: meio sentado na banqueta alta atrás do balcão, a muleta descansando contra a prateleira às suas costas, o seu Tio-Nilo trabalha sisudo uma sola abaulada, vai cortando o couro cru com a faca sem cabo, mas de gume tão afiado, até parece que ele retalha uma casca grandona de laranja. Solitário, ninguém cochicha na sua oficina. O seu Tio-Nilo recolhe criterioso os recortes, ajunta os retalhos pr'um uso possível, deixa os óculos de lado, apanha a muleta e se desloca. Alto, magro, a barba branca e rala, o coto da perna esquerda está corretamente vestido e embrulhado com a sobra do pano da calça. Volta logo pra banqueta trazendo outra sola. Faz tudo sozinho, a semana inteira trabalhando na mesa do balcão, ou costurando naquela máquina esquisita, menos no sábado que é quando chegam os peões-boiadeiros, tez queimada, lenços coloridos no pescoço, gente rude, delicada. Vão deixando os cavalos com as rédeas amarradas nas argolas da guia, um ao lado do outro, assim arrumados que nem nas batalhas santas das romarias. Aos poucos esses homens do campo se apertam ali na selaria, rascando esporas no chão, selecionando peças com adornos, além de apetrechos triviais de montaria, proseando sobretudo a vida dura e ouvindo com respeito a palavra curta do artesão severo. Por que é que falam que o seu Tio-Nilo é um homem perigoso?

Desviando-se da tarefa, de novo ele espeta o queixo no peito, entorta as sobrancelhas e franze a testa, enquanto seus olhos pulam um instante por cima dos aros redondos, esboçando um sorriso franco pra menina. Ela nem acredita, seu coraçãozinho dança! Cheia de leveza, a menina abandona a tela de arame, anda uns passos de costas, se apruma na calçada, esfrega antes um pouco de guspe no raspão do braço, e em seguida abre as asas em equilíbrio, cuidando de não pisar fora do fio da guia. Enquanto se afasta, suas pernas vão se cruzando como as de uma bailarina magricela e suja debaixo de um solão quente e vermelho.

Logo adiante tem um pinguço sentado na sarjeta, as pernas abertas e esticadas, cheio de remendos no pano imundo da calça, os pelos da barba que nem traços a carvão, duas cascas de jabuticaba no lugar dos olhos, um cigarro de palha descansando na orelha de abano, está ali feito um brinquedo de feltro maltratado, rindo no ritmo do mundo: "há-há-há" "hu-hu-hu" "hi-hi-hi". A menina passa por ele e na sua boca, de um jeito pequeno, ecoa: "há-há-há" "hu-hu-hu" "hi-hi-hi", mas seus olhos estão pregados é na sombrinha azul que passa ao longe, girando devagar, como um aceno suave, nas mãos de uma moça faceira. Sem perder de vista a moça lá longe, cobiça o pano florido de uma loja de fazendas, cruzando alguns passos depois com o ancião que deve mesmo de estar c'uma dor de cabeça eterna, de tão triste.

"Dov'è il bambino?"

O seu Giovanni está outra vez resmungando. Mal se suspeita nele uma vida generosa no passado, pois se deu como poucos ao povoado, desde o começo. Caduco, anda agora perdido na sua cidade, o olhar solto, falando sozinho, como se procurasse um menino. "Quel malandrino..."

Ainda em equilíbrio no meio-fio, a menina desce as asas quando observa melhor o cavalo que se aproxima, vindo na rua em sentido contrário. Em passo lento, um camponês cavalga solitário em direção à igreja e ao cemitério. A mão esquerda governa as rédeas, a direita prende o pequeno caixão branco, guarnecido com galão prateado, que traz debaixo do braço. "Um anjinho" balbucia a menina fazendo o sinal da cruz. Assim que o cavalo passa, ela pára, voltando-se pro outro lado da rua.

À sua frente se erguem casas de comércio recortadas por portas estreitas, acabando em arco algumas vezes. A composição em pirâmide dos telhados se repete em muitos armazéns, com as pontas à vista apesar das fachadas altas. Um ao lado do outro, numa sucessão interrompida aqui e ali por longos corredores, cujo acesso é quase sempre protegido por pequenos portões. A menina se esquece, o dedo de novo no nariz, buscando, antes de atravessar a rua, a casa com a águia de asas ainda abertas, parecendo terminar o seu voo de pedra no topo da fachada. As sete portas desse armazém estão fechadas e na parede entre duas delas tem um garrancho a carvão.

A menina atravessa a rua, sobe na calçada e para de frente pro armazém, não atinando pro sentido das letras pretas do garrancho. Vira-se pra trás quando nota a bicicleta circunvolteando, um ginasiano de uniforme cáqui pedalando tranquilamente, as maçãs do rosto rosadas, o olhar maroto sempre fixo no xingo enorme a carvão. Os livros vão presos atrás do selim, e o vira-lata de pelo curto, o toco de rabo espetado pra cima, acompanha os círculos que a bicicleta descreve na rua, balançando o corpo ao lépido jogo das patas.

O adolescente passa a olhar pra menina de um jeito dúbio e silabeia várias vezes o xingo a carvão, sem pronunciá-lo. A menina abre bem os olhos, presta bastante atenção nas caretas que ele faz, mas não consegue ler os movimentos da sua boca. Numa arrancada, a bicicleta sai de órbita, o corpo do adolescente se arca, a cabeça se deita com graça sobre o guidão, e ele sorri pra menina com seus dentes de giz enquanto se afasta em linha reta.

Quando a bicicleta dobra a esquina, a menina se volta de novo pro armazém, indo direto pra porta que tem uma fresta entre as folhas. Empurra timidamente uma das folhas de madeira, entra no armazém, mas fica parada na entrada, inibida pela súbita escuridão. Um silêncio úmido e distenso, nenhum ruído da rua ali dentro. O ar que ela respira é impregnado de secos e molhados, sobressaindo forte o cheiro de bacalhau. Aos poucos as mercadorias reencontram suas formas, mergulhadas todas numa sombra calma e fria de recolhimento, a luz dali tão só filtrada pelas bandeiras de vidro no alto das portas.

A menina avança alguns passos entre sacos de cereais expostos sobre caixotes de querosene e não vê ninguém. Arregala os olhos quando descobre a barrica de manjubas secas, sente a boca vazia e perdida ao vislumbrar um compartimento cheinho de torrões de açúcar redondo. Afunda logo a mão na barrica em busca de manjubas, come muitas, sofregamente. Lambe o sal que lhe pica a pele ao redor da boca e estala a língua. Pega depois um torrão de açúcar redondo, em seguida outro, mais outro, os mais graúdos que repousam na superfície. A barriga estufa, a voracidade do começo desaparece e a menina, de espaço a espaço, sem vontade, continua lambendo o torrão enorme que tem na mão, enquanto passeia livre pelo armazém sem ninguém. Explora atrapalhada a composição geométrica dos ladrilhos sob os pés, a lataria em pilhas, a ferragem amontoada num canto, os trens de cozinha, os rolos de fumo em corda, as garrafas nas prateleiras, as redes de teia de aranha no forro.

No sarrafo suspenso por dois cordões, lá no alto, estão presos, que nem três bandeiras quadradas, uma ao lado da outra, os panos que estampam as figuras de três santos. Nem Santo Antônio c'uma criança nos braços, nem São Pedro de barba bonita, segurando uma bruta chave do céu na mão direita, nenhum dos dois chega a mexer com ela. A menina não tira os olhos é da imagem de João Batista estampada na bandeira do meio, contempla com indisfarçável paixão o menino de cabelos encaracolados que aperta contra o peito um cordeiro de tenras patas soltas no ar, um cajado roçando seu ombro nu. Lambendo o torrão de açúcar, o menino se transfigura, transporta-se pras noites frias de junho, o pano com São João drapeja no alto de um mastro erguido no centro da quermesse, afogueado pelas chamas da lenha que queima embaixo. Mas suspenso assim num recolhimento de sombras, o menino de olhos meigos e cabelos anelados se dilui talvez na calma triste de um convento.

A menina desce o olhar e o pirulito metálico lá nos fundos, depois do balcão, prende num isto sua atenção. Espiralado e colorido, o móbile ingênuo pende da ponta de um barbante, junto à entrada pra moradia interna, onde se encontra um telefone a manivela, além de um retrato de Getúlio Vargas, acima da porta. Sem nada que o acione aparentemente, a mão de uma criança, sopro ou brisa, o pirulito gira sem cessar. A menina se encanta, não hesita, vai até o fundo, contorna o balcão, mas os dedos afrouxam: o torrão na altura da boca se desprende, cai e se espatifa no chão, espirrando sobre os sapatos do seu América.

Sentado num caixote, as pernas afastadas, os cotovelos fincados nos joelhos, a cabeça apertada entre as mãos, o seu América tem os olhos fixos na chama de uma vela que serpenteia ligeiramente com a queda próxima do torrão. Levanta então a cara carregada que tem pra menina tanta força e horror quanto as histórias de cemitério da sua imaginação:

"Que que você quer aqui, menina?"

A menina treme.

Ainda sentado, o seu Américo ergue do chão a garrafa que sustém a vela e descobre, atrás dela, o corpo esborrachado do torrão.

"Puxa daqui!" diz num berro.

A menina então fala de susto, uma cachoeira:

"Minha mãe mandou dizer que o senhor estragou a vida dela, mas que o senhor vai ver agora como é bom ter um filho como o senhor tem, que o senhor vai ver só como é bom ter um filho como esse que o senhor tem, ter um filho como esse..."

"Puxa daqui, puxa já daqui, sua cadelinha encardida, já agora senão te enfio essa garrafa com fogo e tudo na bocetinha, e também na puta da tua mãe, e na puta daquela tua mãe..."

A menina dispara, cai-lhe o laço de fita enquanto corta o armazém, atrapalha-se na saída com o seu Américo que vem aos berros atrás, empunhando a garrafa com vela e tudo. Chega sem respiração em casa, branca, tremendo. Entra na saleta apertada e suja de retalhos, papel e casca de manga. A mãe interrompe a costura na máquina, empurra numa barulheira a cadeira pra trás, resmunga da demora e, mais irritada ainda com a filha que não fala, senta um tapa na filha menor que lhe agarra a saia. A filha menor cai no berreiro, o pirralho que engatinha sem calça abre a boca também, e a menina maior começa a vomitar: o feijão do almoço, manga, pedaços de manjuba, açúcar redondo. Bota o estômago pra fora e cai finalmente num berreiro tão desesperado que põe a mãe descontrolada:

"Não deixa teu pai ouvir, não deixa teu pai ouvir, que que aquele ordinário te fez? Conta, conta logo, anda!"

A menina conta o que pode, a história vem molhada, interrompida por tremendos soluços. Alucinada, a mãe começa a atirar o que encontra pela frente, moldes, régua, recortes e, com a violência do pé, manda longe a cadeira que tomba, enquanto as crianças, assustadíssimas, redobram o berreiro. Ferida na alma, ela levanta os braços pros céus e se põe a gritar que nem louca:

"Ele me ofendeu mais uma vez, ele me ofendeu mais uma vez, aquele canalha, ele me ofendeu mais uma vez..."

Trabalhando no barracão lá no fundo do quintal, uma coberta de zinco sustentada por quatro estacas, o Zeca Cigano deixa a lata de óleo que transformava em canecão e, empunhando ainda a marreta, acorre aos gritos da mulher. Corta numa corrida o capim alto até a casa sob o olhar apreensivo da vizinha idosa junto à cerca, que vê sua cabeça avançando veloz acima do mato como uma lebre correndo aos pulos. Atinge o patamar da escadinha num salto e penetra cozinha adentro. A casa está tomada, mas a voz forte do Zeca Cigano, sobrepondo-se ao berreiro das crianças e aos gritos da mulher, de repente explode:

"Cadela!"

Marido e mulher se pegam num rude bate-boca que se prolonga até que um silêncio inesperado, de curta duração, faz apertar, uma contra a outra, as mãos da vizinha junto à cerca. Não demora, ela ouve a primeira chicotada, acompanhada de uma falsa inquisição:

"Quem é que te ofendeu?"

E ouve a segunda chicotada, acompanhada também de uma falsa inquisição:

"Quem é que me ofendeu?"

A tala da cinta larga vibra no ar, um estalo terrível quando o couro desce na bunda da costureira. A vizinha não se contém e chora crispando as mãos na madeira da cerca. Pelo vão falho entre duas ripas, se esforça por passar pro quintal vizinho, vencendo o obstáculo à custa de um rasgão no vestido. Corre com dificuldade, alcança a escadinha que dá acesso à cozinha, entra na casa pelos fundos, passa pelas crianças em desespero com a cabeça apertada entre as mãos, vai direto ao quarto do casal:

"Piedade pra tua mulher, Zeca, piedade!"

"Quem é que te ofendeu?" "Quem é que me ofendeu?"

Deitada de bruços no chão do quarto, os braços avançados além da cabeça, os punhos fechados em duas pedras, a costureira recebe as cintadas c'uma expressão dura e calada, só um tremor contido do corpo seguindo ao baque de cada golpe. Sua boca geme num momento:

"Corno" diz ela de repente, de um jeito puxado, rouco, entre dentes.

O Zeca Cigano endoidece, o couro sobe e desce mais violento, vergastando inclusive o rosto da mulher. Uma, duas vezes.

A vizinha se atira contra ele:

"Você está louco, Zeca? Piedade! Piedade! Piedade!" suplica aos gritos, mas é repelida c'um safanão no peito.

A mão já no ar, o Zeca Cigano prende o novo golpe, vendo com súbito espanto a boca da mulher que sangra. Encolhida na parede, a vizinha afunda a mão pelo decote e puxa o terço, correndo as contas com os dedos trêmulos enquanto chora. O silêncio ali no quarto suspende por um instante o gemido das crianças na saleta. O suor escorre no pescoço do Zeca Cigano, no torso nu e nos músculos fortes do braço. Atira a cinta num canto, deixa o quarto, passa pela saleta, atravessa a cozinha e para no patamar da escadinha, voltado de frente pro quintal, o barracão abandonado nos fundos.

Sentada, os pés empoleirados na travessa da cadeira, o irmão pequeno choramingando no colo, a menina observa o pai no patamar, de costas, as mãos na mureta, a cabeça tão caída que nem fosse a cabeça de um enforcado. A menina também vigia os movimentos da vizinha se agitando da cozinha pro quarto, aplicando emplastros de salmoura nos vergões da mãe deitada.

Quando a casa se acalma, a vizinha deixa o quarto encostando a porta com cuidado. Na saleta, ergue do chão o pirralho sem calça, envolve-o no colo, toma pela mão a menina mais nova, procura ainda pela menina mais velha, mas a porta do banheiro está trancada. Não espera e sai com as duas crianças pela porta da frente.

No banheiro, a menina se levanta da privada, os olhos pregados no espelho de barbear do pai, guarnecido com moldura barata, como as de quadro de santo. Puxa o caixote, sobe em cima, desengancha o espelho da parede, deitando-o em seguida no chão de cimento. Acocora-se sobre o espelho como se sentasse num penico, a calcinha numa das mãos, e vê, sem compreender, o seu sexo emoldurado. Acaricia-o demoradamente com a ponta do dedo, os olhos sempre cheios de espanto.

A menina sai do banheiro, anda pela casa em silêncio, não se atreve a entrar no quarto da mãe. Deixa a casa e vai pra rua, brincar com as crianças da vizinha da frente.

HOJE DE MADRUGADA

O que registro agora aconteceu hoje de madrugada quando a porta do meu quarto de trabalho se abriu mansamente, sem que eu notasse. Ergui um instante os olhos da mesa e encontrei os olhos perdidos da minha mulher. Descalça, entrava aqui feito ladrão. Adivinhei logo seu corpo obsceno debaixo da camisola, assim como a tensão escondida na moleza daqueles seus braços, enérgicos em outros tempos. Assim que entrou, ficou espremida ali no canto, me olhando. Ela não dizia nada, eu não dizia nada. Senti num momento que minha mulher mal sustentava a cabeça sob o peso de coisas tão misturadas, ela pensando inclusive que me atrapalhava nessa hora absurda em que raramente trabalho, eu que não trabalhava. Cheguei a pensar que dessa vez ela fosse desabar, mas continuei sem dizer nada, mesmo sabendo que qualquer palavra desprezível poderia quem sabe tranquilizá-la. De olhos sempre baixos, passei a rabiscar no verso de uma folha usada, e continuamos os dois quietos: ela acuada ali no canto, os olhos em cima de mim; eu aqui na mesa, meus olhos em cima do papel que eu rabiscava. De permeio, um e outro estalido na madeira do assoalho.

Não me mexi na cadeira quando percebi que minha mulher abandonava o seu canto, não ergui os olhos quando vi sua mão apanhar o bloco de rascunho que tenho entre meus papéis. Foi uma caligrafia rápida e nervosa, foi uma frase curta que ela escreveu, me empurrando o bloco todo, sem destacar a folha, para o foco dos meus olhos: "vim em busca de amor" estava escrito, e em cada letra era fácil de ouvir o grito de socorro. Não disse nada, não fiz um movimento, continuei com os olhos pregados na mesa. Mas logo pude ver sua mão pegar de novo o bloco e quase em seguida me devolvê-lo aos olhos: "responda" ela tinha escrito mais embaixo numa letra desesperada, era um gemido. Fiquei um tempo sem me mexer, mesmo sabendo que ela sofria, que pedia em súplica, que mendigava afeto. Tentei arrumar (foi um esforço) sua imagem remota, iluminada, provocadoramente altiva, e que agora expunha a nuca a um golpe de misericórdia. E ali, do outro lado da mesa, minha mulher apertava as mãos, e esperava. Interrompi o rabisco e escrevi sem pressa: "não tenho afeto para dar", não cuidando sequer de lhe empurrar o bloco de volta, mas nem foi preciso, sua mão, com a avidez de um bico, se lançou sobre o grão amargo que eu, num desperdício, deixei escapar entre meus dedos. Mantive os olhos baixos, enquanto ela deitava o bloco na mesa com calma e zelo surpreendentes, era assim talvez que ela pensava refazer-se do seu ímpeto.

Não demorou, minha mulher deu a volta

na mesa e logo senti sua sombra atrás da cadeira, e suas unhas no dorso do meu pescoço, me roçando as orelhas de passagem, raspando o meu couro, seus dedos trêmulos me entrando pelos cabelos desde a nuca. Sem me virar, subi o braço, fechei minha mão no alto, retirando sua mão dali como se retirasse um objeto corrompido, mas de repente frio, perdido entre meus cabelos. Desci lentamente nossas mãos até onde chegava o comprimento do seu braço, e foi nessa altura que eu, num gesto claro, abandonei sua mão no ar. A sombra atrás de mim se deslocou, o pano da camisola esboçou um voo largo, foi num só lance para a janela, havia até verdade naquela ponta de teatralidade. Mas as venezianas estavam fechadas, ela não tinha o que ver, nem mesmo através das frinchas, a madrugada lá fora ainda ressonava. Espreitei um instante: minha mulher estava de costas, a mão suspensa na boca, mordia os dedos.

Quando ela veio da janela, ficando de novo a minha frente, do outro lado da mesa, não me surpreeendi com o laço desfeito do decote, nem com os seios flácidos tristemente expostos, e nem com o traço de demência lhe pervertendo a cara. Retomei o rabisco enquanto ela espalmava as mãos na superfície, e, debaixo da mesa, onde eu tinha os pés descalços na travessa, tampouco me surpreendi com a artimanha do seu pé, tocando com as pontas dos dedos a sola do meu, sondando clandestino minha pele no subsolo. Mais seguro, próspero, devasso, seu pé logo se perdeu sob o pano do meu pijama, se esfregando na densidade dos meus pelos, subindo afoito, me queimando a perna com sua febre. Fiz a tentativa com vagar, seu pé de início se atracou voluntarioso na barra, e brigava, resistia, mas sem pressa me desembaracei dele, recolhendo meus próprios pés que cruzei sob a cadeira. Voltei a erguer os olhos, sua postura, ainda que eloquente, era de pedra: a cabeça jogada em arremesso para trás, os cabelos escorridos sem tocar as costas, os olhos cerrados, dois frisos úmidos e brilhantes contornando o arco das pálpebras, a boca escancarada, e eu não minto quando digo que não eram os lábios descorados, mas seus dentes é que tremiam.

Numa arrancada súbita, ela se deslocou quase solene em direção à porta, logo freando porém o passo. E parou. Fazemos muitas paradas na vida, mas supondo-se que aquela não fosse uma parada qualquer, não seria fácil descobrir o que teria interrompido o seu andar. Pode ser simplesmente que ela se remetesse então a uma tarefa trivial a ser cumprida quando o dia clareasse. Ou pode ser também que ela não entendesse a progressiva escuridão que se instalava para sempre em sua memória. Não importa que fosse por esse ou aquele motivo, só sei que, passado o instante de suposta reflexão, minha mulher, os ombros caídos, deixou o quarto feito sonâmbula.

O VENTRE SECO

1. Começo te dizendo que não tenho nada contra manipular, assim como não tenho
nada contra ser manipulado; ser instrumento
da vontade de terceiros é condição da existên-
cia, ninguém escapa a isso, e acho que as coisas, quando se passam desse jeito, se passam
como não poderiam deixar de passar (a falta

de recato não é minha, é da vida). Mas te advirto, Paula: a partir de agora, não conte mais comigo como tua ferramenta.

2. Você me deu muitas coisas, me cumulou de atenções (excedendo-se, por sinal), me ofereceu presentes, me entregou perdulariamente o teu corpo, tentou me arrastar pra lugares a que acabei não indo, e, não fosse minha feroz resistência, até pessoas das tuas relações você teria dividido comigo. Não quero discutir os motivos da tua generosidade, me limito a um formal agradecimento, recusando contudo, a todo risco, te fazer a credora que pode ainda chegar e me cobrar: "você não tem o direito de fazer isso". Fazer isso ou aquilo é problema meu, e não te devo explicações.

3. Nem foi preciso fazer um voto de pobreza, mas fiz há muito o voto de ignorância, e hoje, beirando os quarenta, estou fazendo também o meu voto de castidade. Você tem razão, Paula: não chego sequer a conservador, sou simplesmente um obscurantista. Mas deixe este obscurantista em paz, afinal, ele nunca se preocupou em fazer proselitismo.

4. E já que falo em proselitismo, devo te dizer também que não tenho nada contra esse

feixe de reivindicações que você carrega, a tua questão feminista, essa outra do divórcio, e mais aquela do aborto, essas questões todas que "estão varrendo as bestas do caminho". E quando digo que não tenho nada contra, entenda bem, Paula, quero dizer simplesmente que não tenho nada a ver com tudo isso. Quer saber mais? Acho graça no ruído de jovens como você. Que tanto falam em liberdade? É preciso saber ouvir os gemidos da juventude: em geral, vocês reclamam é pela ausência de uma autoridade forte, mas eu, que nada tenho a impor, entenda isso, Paula, decididamente não quero te governar.

5. Sem suspeitar da tua precária superioridade, mais de uma vez você me atirou um desdenhoso "velho" na cara. Nunca te disse, te digo porém agora: me causa enjoo a juventude, me causa muito enjoo a tua juventude, será que preciso fazer um trejeito com a boca pra te dar a ideia clara do que estou dizendo? É bastante tranquilo este depoimento, é sossegado, ao fazê-lo, me acredite, Paula, não me doem os cotovelos. Está muito certa aquela tua amiga frenética quando te diz que sou "incapaz de curtir gentes maravilhosas". Sou incapaz mesmo, não gosto de "gentes maravi-

lhosas", não gosto de gente, para abreviar minhas preferências.

6. Você me levava a supor às vezes que o amor em nossos dias, a exemplo do bom senso em outros tempos, é a coisa mais bem dividida deste mundo. Aliás, só mesmo uma perfeita distribuição de afeto poderia explicar o arroubo corriqueiro a que todos se entregam com a simples menção deste sentimento. Um tanto constrangido por turvar a transparência dessa água, há muito que queria te dizer: vá que seja inquestionável, mas tenho todas as medidas cheias dos teus frívolos elogios do amor.

7. Farto também estou das tuas ideias claras e distintas a respeito de muitas outras coisas, e é só pra contrabalançar tua lucidez que confesso aqui minha confusão, mas não conclua daí qualquer sugestão de equilíbrio, menos ainda que eu esteja traindo uma suposta fé na "ordem", afinal, vai longe o tempo em que eu mesmo acreditava no propalado arranjo universal (que uns colocam no começo da história, e outros, como você, colocam no fim dela), e hoje, se ponho o olho fora da janela, além do incontido arroto, ainda fico espantado com este mundo simulado que não perde essa mania de fingir que está de pé.

8. Você pode continuar falando em nome da razão, Paula, embora até o obscurantista, que arranja (ironia!) essas ideias, saiba que a razão é muito mais humilde que certos racionalistas; você pode continuar carreando areia, pedra e tantas barras de ferro, Paula, embora qualquer criança também saiba que é sobre um chão movediço que você há de erguer teu edifício.

9. Pense uma vez sequer, Paula, na tua estranha atração por este "velho obscurantista", nos frêmitos roxos da tua carne, nessa tua obsessão pelo meu corpo, e, depois, nas prateleiras onde você arrumou com criterioso zelo todos os teus conceitos, encontre um lugar também para esta tua paixão, rejeitada na vida.

10. Sabe, Paula, ainda que sempre atenta à dobra mínima da minha língua, assim como ao movimento mais ínfimo do meu polegar, fazendo deste meu canto o ateliê do desenhista que ia no dia a dia emendando traço com traço, compondo, sem ser solicitada, o meu contorno, me mostrando no final o perfil de um moralista (que eu nunca soube se era

agravo ou elogio), você deixou escapar a linha mestra que daria caráter ao teu rabisco. Estou falando de um risco tosco feito uma corda e que, embora invisível, é facilmente apreensível pelo lápis de alguns raros retratistas; estou falando da cicatriz sempre presente como estigma no rosto dos grandes indiferentes.

11. Não tente mais me contaminar com a tua febre, me inserir no teu contexto, me pregar tuas certezas, tuas convicções e outros remoinhos virulentos que te agitam a cabeça. Pouco se me dá, Paula, se mudam a mão de trânsito, as pedras do calçamento ou o nome da minha rua, afinal, já cheguei a um acordo perfeito com o mundo: em troca do seu barulho, dou-lhe o meu silêncio.

12. No pardieiro que é este mundo, onde a sensibilidade, como de resto a consciência, não passa de uma insuspeitada degenerescência, certos espíritos só podiam mesmo se dar muito mal na vida; mas encontrei, Paula, esquivo, o meu abrigo: coração duro, homem maduro.

13. Não me telefone, não estacione mais o carro na porta do meu prédio, não mande terceiros me revelarem que você ainda existe, e nem tudo o mais que você faz de costume,

pois recorrendo a esses expedientes você só consegue me aporrinhar. Versátil como você é, desempenhe mais este papel: o de mulher resignada que sai de vez do meu caminho.

14. Entenda, Paula: estou cansado, estou muito cansado, Paula, estou muito, mas muito, mas muito cansado, Paula. (Teu baby-doll, teus chinelos, tua escova de dentes, e outros apetrechos da tua toalete, deixei tudo numa sacola lá embaixo, é só mandar alguém pegar na portaria com o zelador.)

15. Ainda: "a velha aí do lado", a quem você se referia também como "a carcaça ressabiada", "o pacote de ossos", "a semente senil" e outras expressões exuberantes que o teu talento verbal sempre é capaz de forjar mesmo para falar das coisas mirradas da vida, nunca te revelei, Paula, te revelo agora: "aquele ventre seco" é minha mãe, faz anos que vivemos em quitinetes separadas, ainda que ao lado uma da outra. Não seja tola, Paula, não estou te recriminando nada, sempre assisti com indiferença aos arremedos que você fazia da "bruxa velha, preparando a poção pra envenenar nossas relações". Te digo mais: você talvez tivesse razão, é provável que ela vivesse a espreitar minha porta das sombras da escadaria, é provável que ela do fundo dos corredores te olhasse "de um jeito maligno", é provável ainda que ela, matreira dentro do seu cubículo, te alcançasse todas as vezes que você saía através do olho mágico da sua porta. Mas contenha, Paula, a tua gula: você que, além de liberada e praticada, é também versada nas ciências ocultas dos tempos modernos, não vá lambuzar apressadamente o dedo na consciência das coisas; não fiz a revelação como que te serve à mesa, não é um convite fecundo a interpretações que te faço, nem minha vida está pedindo esse desperdício. Quero antes lembrar o que minha mãe te dizia quando você, ao cruzar com ela, e "só pra tirar um sarro", perguntava maliciosamente por mim, te sugerindo eu agora a mesma prudência, se acaso amanhã teus amigos quiserem saber a meu respeito. Você pode dispensar "a ridícula solenidade da velha", mas não dispense o seu irrepreensível comedimento, responda como ela invariavelmente te respondia: "não conheço esse senhor".

AÍ PELAS TRÊS DA TARDE

Para
José Carlos Abbate

Nesta sala atulhada de mesas, máquinas e papéis, onde invejáveis escreventes dividiram entre si o bom senso do mundo, aplicando-se em ideias claras apesar do ruído e do mormaço, seguros ao se pronunciarem sobre problemas que afligem o homem moderno (espécie da qual você, milenarmente cansado, talvez se sinta um tanto excluído), largue tudo de repente sob os olhares à sua volta, componha uma cara de louco quieto e perigoso, faça os gestos mais calmos quanto os tais escribas mais severos, dê um largo "ciao" ao trabalho do dia, assim como quem se despede da vida, e surpreenda pouco mais tarde, com sua presença em hora tão insólita, os que estiveram em casa ocupados na limpeza dos armários, que você não sabia antes como era conduzida. Convém não responder aos olhares interrogativos, deixando crescer, por instantes, a intensa expectativa que se instala. Mas não exagere na medida e suba sem demora ao quarto, libertando aí os pés das meias e dos sapatos, tirando a roupa do corpo como se retirasse a importância das coisas, pondo-se enfim em vestes mínimas, quem sabe até em pelo, mas sem ferir o pudor (o seu pudor, bem entendido), e aceitando ao mesmo tempo, como boa verdade provisória, toda mudança de comportamento. Feito um banhista incerto, assome depois com sua nudez no trampolim do patamar e avance dois passos como se fosse beirar um salto, silenciando de vez, embaixo, o surto abafado dos comentários. Nada de grandes lances. Desça, sem pressa, degrau por degrau, sendo tolerante com o espanto (coitados!) dos pobres familiares, que cobrem a boca com a mão enquanto se comprimem ao pé da escada. Passe por eles calado, circule pela casa toda como se andasse numa praia deserta (mas sempre com a mesma cara de louco ainda não precipitado), e se achegue depois, com cuidado e ternura, junto à rede languidamente envergada entre plantas lá no terraço. Largue-se nela como quem se larga na vida, e vá fundo nesse mergulho: cerre as abas da rede sobre os olhos e, com um impulso do pé (já não importa em que apoio), goze a fantasia de se sentir embalado pelo mundo.

MÃOZINHAS DE SEDA

Para
Octávio Ianni

Cultivei por muito tempo uma convicção: a maior aventura humana é dizer o que se pensa. Meu bisavô, vigilante, puxava da algibeira esta moeda antiga: "A diplomacia é a ciência dos sábios". Era um ancião que calçava botinas de pelica, camisa de tricolina com riscas claras em fio da Escócia, e gravata escolhida a dedo, em que uma ponta de cor volúvel marcava a austeridade da casimira inglesa. Não dispensava o colete, a corrente do relógio de bolso desenhando no peito escuro um brilhante e enorme anzol de ouro. E o jasmim, ah, o jasmim! Um botão branco de aroma oriental sempre bem comportado na casa da lapela. E era antes um ritual de elegância quando ajustava os óculos sobre o nariz: a mão quase em concha subia sem pressa até prender um dos aros entre o polegar e o indicador, retendo demoradamente os dedos no metal enquanto testava o foco das lentes. Neste exato momento, seu olhar ia longe, muito longe, como se vislumbrasse meu futuro distante. Talvez fosse essa antevisão que fizesse surgir o esgar fértil no canto dos lábios, era como se ele tivesse acabado de plantar ali a semente provável de um grande regozijo, daí que me puxava pela cabeça e soprava no meu ouvido:

"O negócio é fazer média", e enfatizava a palavra negócio.

Apesar da postura solene, o bisavô, quem diria?, era chegado numa gíria. Tão vetusto, tão novíssimo, era precursor:

"Nada de porraloquice. Me promete".

Nesse tempo, em Pindorama, mais precisamente a cada mês de setembro, sempre acontecia o Baile da Primavera. Era um baile a rigor, terno e gravata, vestidos longos, e geralmente abrilhantado pela Orquestra de Jaboticabal, fartamente anunciada como garantia de sucesso, pois gozava de grande prestígio na execução de valsas e boleros. Nesses setembros, os dias eram claros, o céu liso, "um céu de vidro" como se dizia, e a temperatura poderia ser considerada amena para a região, apesar de já prenunciar o calorão dos meses seguintes. Era um tempo propício pra tagarelar, principalmente nos finzinhos de tarde, depois da janta, quando as famílias puxavam cadeiras pras calçadas, a que se juntavam vizinhos e amigos. E ficavam rindo gostosamente à toa, jogando conversa fora, assegurando entusiasmo à algazarra das crianças. Eram risos, vozes e pequenos gritos, tudo amortecido pela amplidão do espaço livre, até que "a fresca da noite" e o sono os dispersassem.

Entre as mulheres, por semanas se falava em organza, tule, cetim, tafetá, e em tantas outras fazendas finas, entregues aos cuidados de costureiras nervosas com a quantidade das encomendas. E era também inevitável vazar o mexerico de que a Mercedes, a Rosa Stocco, ou a Brígida, enfim, uma das moças da cidade iria escandalizar com o decote ousado do vestido, e, diga-se, a cada ano mais atrevido. Esbanjavam-se ainda comentários contidos, às vezes nem tanto, sobre a perspectiva casadoura que o evento abria generoso. Mas só dias antes do baile, apesar de curtido por semanas e semanas, é que as moças de Pindorama iam às farmácias e, entre acanhadas e ar distraído, davam fim ao estoque de pedra-pomes. Era uma pedra cinza e porosa, vendida em tamanho pouco maior que um ovo de galinha, embora amorfa, que elas friccionavam na palma das mãos para eliminar as calosidades. E se aplicavam no trato da pele de tal modo que seus eventuais parceiros, durante o baile, tivessem a sensação de tomar entre suas mãos de príncipes encantados verdadeiras mãozinhas de seda de suas donzelas.

Se era assim no baile, em que românticos mancebos se alumbravam com um simples toque de mãos, capaz de transportá-los para fantasias inefáveis, imagine-se agora — nestes tempos largos e tão liberais — se mãozinhas de seda, mesmo quando de homem barbado, se insinuassem até as partes pudendas de alguém, fossem essas partes pretas, roxas, ou de cor ainda a ser declinada... Seria o êxtase!

"Nada de porraloquice. Me promete."

Daí minha mania, se esbarro com certos intelectuais, de olhar primeiro para suas mãos, mas não só. Tenho até passado por algum constrangimento, pois me encaram com um viés torto e um tanto acanalhado, se, como bom empirista, demoro demais no aperto de mão. Que fazer? Mania é mania. Seja como for, apesar de avessos a bailes e afetarem desdém pelas coisas mundanas, o que tenho notado é que alguns deles parecem fazer uso intensivo de pedra-pomes, ainda que pudessem dispensá-la. E com a diferença também de que as moças de Pindorama, que só usavam essa pedra uma vez por ano, davam em geral duro no trabalho. Eruditos, pretensiosos, e bem providos de mãozinhas de seda, a harmonia do perfil é completa por faltar-lhes justamente o que seria marcante: rosto! Em consequência desse aparente paradoxo, tenho notado que estão entregues a um escandaloso comércio de prestígio, um promíscuo troca-troca explícito, a maior suruba da paróquia, Maria Santíssima-ma!, quando o troca-troca em Pindorama, picante e clandestino, era bem mais interessante.

Daí que aquela pedra nostálgica, que antes era só pomes e se compunha com devaneios de mancebos e donzelas, acabou virando a pedra angular do mercado de ideias.

Schopenhauer, coitado, é que dizia amargurado: respeito os negociantes porque passeiam de rosto descoberto, apresentando-se como são, quando abrem as portas do seu comércio. Mas era ingênuo esse Schopenhauer, não sacava bem as coisas, estava por fora com sua carranca, não sabia desfrutar os doces encantos da vida e, mais que tudo, nunca levou em conta a comovente precariedade da espécie. Se bem que, mesmo precária, certos espécimes não precisavam exagerar. Aqui entre nós, pra que ir tão longe, pra que falar tanto em ética? Ponderando bem as coisas, não devemos ser duros com eles, afinal, se vai uma ponta de bravata naquela jactância toda, vai também uma carrada de candura quando metem a colher na caldeira dos valores, cutucando a menina dos olhos do capeta com vara curta, sem suspeitarem que é nessa mesma caldeira que se cozinham os impostores. Ponderando ainda em outra direção e, como dizia o bisavô, "é tudo uma questão de boa vontade", não há por que censurá-los, devemos a eles até gratidão, afinal aqueles imaculados não deixam de contribuir de modo exemplar ao ilustrarem a versão mais acabada do humanissimus humanus. Penso que só pecariam... pecariam?

O bisavô é que sabia das coisas, não improvisava, punha milênios em cada palavra e, conciso como só ele, foi ao ponto:

"Foda-se o que a gente pensa."

Talvez o negócio seja fazer média, o negócio é mesmo fazer média, o verbo passado na régua, o tom no diapasão, num mundanismo com linha ou no silêncio da página.

Custou mas cheguei lá, sou finalmente um diplomata, cumprindo à risca a antevisão de regozijo do bisavô, que continua por sinal mais vivo do que nunca, rindo às gargalhadas na surdina, e com quem divido agora a parafernália e o guarda-roupa, zeloso com a antiga indumentária, pisando macio minhas botinas de pelica, testando o foco das lentes, usando colete, relógio de bolso, jasmim.

(Saudades de mim!)

Quatro dos cinco textos, aqui reunidos pela primeira vez em edição comercial, já foram dados a público. O leitor encontrará, entre parênteses, ao lado do título, o ano em que cada um deles foi escrito, e referências sobre publicações anteriores a esta edição, em que os mesmos aparecem revistos pelo autor.

Menina a caminho (anos 1960)
Coletânea alemã de contos brasileiros (1982)
Edição comemorativa dos 500 títulos
da Companhia das Letras (1994)
Coletânea mexicana de contos brasileiros (1997)

Hoje de madrugada (1970)
Cadernos de Literatura Brasileira, nº 2, IMS (1996)

O ventre seco (1970)
Folhetim, suplemento da *Folha de S.Paulo* (1984)
El Paseante, revista espanhola (1985)
Ideias, suplemento do *Jornal do Brasil* (1989)

Aí pelas três da tarde (1972)
Jornal do Bairro (1972)
A posse da terra, de Cremilda de Araújo Medina (1985)
El Paseante, revista espanhola (1985)
Ilustrada, caderno da *Folha de S.Paulo* (1985)

Mãozinhas de seda (1996)
Texto escrito especialmente para o segundo número
dos *Cadernos de Literatura Brasileira*, IMS,
e não publicado a pedido do autor.

Copyright © 1997 by Raduan Nassar

*Grafia atualizada segundo o Acordo Ortográfico da Língua
Portuguesa de 1990, que entrou em vigor no Brasil em 2009.*

*Partes do conto "Mãozinhas de seda" foram
modificadas pelo autor a partir desta edição.*

Capa:
Ettore Bottini

Preparação:
Márcia Copola

Revisão:
*Isabel Jorge Cury
Ana Paula Castellani*

Atualização ortográfica:
Marina Nogueira

Dados Internacionais de Catalogação na Publicação (CIP)
(Câmara Brasileira do Livro, SP, Brasil)

Nassar, Raduan, 1935 –
    Menina a caminho e outros textos / Raduan Nassar.
— São Paulo : Companhia das Letras, 1997.

ISBN 978-85-359-2724-5

1. Contos brasileiros I. Título.

97-2336   CDD-869.935

Índices para catálogo sistemático:
1. Contos : Século 20 : Literatura brasileira 869.935
2. Século 20 : Contos : Literatura brasileira 869.935

<u>2021</u>

Todos os direitos desta edição reservados à
EDITORA SCHWARCZ S.A.
Rua Bandeira Paulista, 702, cj. 32
04532-002 — São Paulo — SP
Telefone: (11) 3707-3500
Fax: (11) 3707-3501
www.companhiadasletras.com.br
www.blogdacompanhia.com.br
facebook.com/companhiadasletras
instagram.com/companhiadasletras
twitter.com/cialetras

A marca FSC® é a garantia de que a madeira utilizada na fabricação do papel deste livro provém de florestas que foram gerenciadas de maneira ambientalmente correta, socialmente justa e economicamente viável, além de outras fontes de origem controlada.

ESTA OBRA FOI COMPOSTA PELO
ESTÚDIO O.L.M. EM PALATINO E
IMPRESSA PELA GEOGRÁFICA EM
OFSETE SOBRE PAPEL PÓLEN BOLD
DA SUZANO S.A. PARA A EDITORA
SCHWARCZ EM MAIO DE 2021